AF300914

Werner Luthe

Die aristotelischen Kategorien

Antigonos

Werner Luthe

Die aristotelischen Kategorien

Unveränderter Nachdruck der Originalausgabe von 1874.

1. Auflage 2024 | ISBN: 978-3-38643-566-6

Antigonos Verlag ist ein Imprint der Outlook Verlagsgesellschaft mbH.

Verlag: Outlook Verlag GmbH, Zeilweg 44, 60439 Frankfurt, Deutschland
Vertretungsberechtigt: E. Roepke, Zeilweg 44, 60439 Frankfurt, Deutschland
Druck: Libri Plureos GmbH, Friedensallee 273, 22763 Hamburg, Deutschland

Die Aristotelischen Kategorien.

Aristoteles zählt folgende Kategorien [1]) auf: οὐσία, ποιόν, ποσόν, πρός τι, ποῦ, ποτέ, ποιεῖν, πάσχειν, ἔχειν, κεῖσθαι Die letzten beiden lässt er wiederholt bei der Aufzählung fort [2]).

Κατηγορεῖν bedeutet aussagen [3]); κατηγορία demnach Aussage. Die Wörter sollen regelmässig zur Bezeichnung des prädicativen Aussagens gebraucht werden. Bonitz behauptet jedoch, dass dies nicht die einzige Bedeutung derselben ist. Sie sollen auch den blossen Begriff der Aussage, ohne die Bestimmung, dass dieselbe Prädicat ist, bezeichnen. Dass die von jenem angeführten Stellen diese Bedeutung beweisen, ist bestritten worden.

Es handelt sich zunächst um Metaph. Z. 1. Es heisst hier, dass es zweifelhaft sei, ob das Gehen, das Gesundsein, das Sitzen als Seiendes anzusehen sei. Οὐδὲν γὰρ αὐτῶν, wird 1028a. 23 fortgefahren, ἐστὶν οὔτε καθ᾽ αὐτὸ πεφυκὸς οὔτε χωρίζεσθαι δυνατὸν τῆς οὐσίας, ἀλλὰ μᾶλλον, εἴπερ, τὸ βαδίζον τῶν ὄντων τι καὶ τὸ καθήμενον καὶ τὸ ὑγιεῖνον. Ταῦτα δὲ μᾶλλον φαίνεται ὄντα, διότι ἐστί τι τὸ ὑποκείμενον αὐτοῖς ὡρισμένον· τοῦτο δ᾽ἐστὶν ἡ οὐσία καὶ τὸ καθ᾽ ἕκαστον, ὅπερ ἐμφαίνεται ἐν τῇ κατηγορίᾳ τῇ τοιαύτῃ· τὸ ἀγαθὸν γὰρ ἢ τὸ καθήμενον οὐκ ἄνευ τούτου λέγεται. Der Sinn ist: In einer derartigen Aussage, wie das Gehende, das Sitzende, das Gesundseiende, wird die Substanz mitbezeichnet. Davon, dass das Gehende u. s. w. in diesem Falle Prädicat sei, ist nicht die Rede. Es überhaupt aber als Prädicat zu bezeichnen, wäre unsinnig.

Dagegen bemerkt Schuppe Folgendes: „Da Aristoteles nicht selten auch den höchsten Gattungsbegriffen untergeordnete Begriffe als Kategorien behandelt, so liegt hier, wo er eben von dieser Eintheilung des Seienden spricht, nicht der mindeste Grund vor, nach einer andern Bedeutung des Wortes zu suchen.“ (Die aristotelischen Kategorien. Berlin 1871. S. 27). Wenn Aristoteles mit dem Worte κατηγορία auch untergeordnete Begriffe bezeichnet, so hat dasselbe neben einer engern auch eine weitere, also andere Bedeutung [4]). Diese ist eben Aussage. Ferner heisst es (S. 28): Der Zusatz τῇ τοιαύτῃ

---

[1]) Ich bezeichne mit dem deutschen Worte „Kategorien“ die höchsten Gattungsbegriffe.

[2]) Ueber die Zahl der Kategorien wird unten gehandelt werden.

[3]) Ueber die sonstigen Bedeutungen des Wortes vgl. Trendelenburg, Geschichte der Kategorienlehre S. 2 ff. und Bonitz in dem Index Aristotelicus.

[4]) Wenn Schuppe behauptet, dass Bonitz das Wort κατηγορία hier als Form der Aussage gefasst wissen wolle, so ist das eine Supposition, welche durch die von jenem gegebene Auslegung dieser Stelle in keiner Weise gerechtfertigt wird. Dasselbe gilt von der S. 29 in demselben Sinne gegen Bonitz gemachten Einwendung.

kann sehr wohl bedeuten „wenn wir die durch jene Beispiele bezeichnete Kategorie so, d. h. in dieser Form ausdrücken." Es kann der Ausdruck „derartige Kategorie" nicht bezeichnen „derartig ausgedrückte Kategorie". Sonst müsste die Art der Kategorie und die Art ihres Ausdrucks dasselbe sein.

„Könnte aber," fährt Schuppe fort, „κατηγορία hier wirklich nicht den einen bestimmten höchsten Gattungsbegriff, die eine von den 10 Kategorien bedeuten, so ist doch klar, dass es deshalb noch nicht als der συμπλοκή enthoben zu betrachten ist und die von Bonitz behauptete Bedeutung hat. Vielmehr ist es dann in dem oben zugestandenen allgemeinen Sinne der Aussage zu nehmen. Aristoteles denkt sich das reale Verhältniss der Inhärenzen zu der Substanz durchaus unter dem Bilde der Prädication. Er spricht nur von Prädicationen. Wenn er ibid. 18 sagt: τὰ δὲ ἄλλα λέγεται ὄντα τῷ τοῦ οὕτως ὄντος τὰ μὲν ποσότητας εἶναι, τὰ δὲ ποιότητας, τὰ δὲ πάθη, τὰ δὲ ἄλλο τι τοιοῦτον, so ist doch ganz offenbar das gemeinte Verhältniss wieder durch Hinweis auf die Prädicationen solcher Bestimmungen von der οὐσία als ihrem Subjecte bezeichnet."

Aristoteles würde also das Gehende und ähnliche Ausdrücke als Prädicat bezeichnen und zwar als Prädicat der Substanz. Er bemerkt aber ausdrücklich, dass sie die Substanz bereits mit enthalten. Er müsste also wollen, dass die Substanz von der Substanz prädicirt würde. Wenn ein Ausdruck ausser der Substanz auch das ihr beigelegte Prädicat bezeichnet, so folgt daraus natürlich keineswegs, dass er selbst Prädicat ist.

Es hat demnach das Wort κατηγορία in der oben angeführten Stelle die blosse Bedeutung von Aussage.

Dieselbe Bedeutung hat es in Soph. elench. 31. p. 181 b. 25. Περὶ τῶν ἀπαγόντων εἰς ταὐτὸ πολλάκις εἰπεῖν, φανερὸν ὡς οὐ δοτέον τῶν πρός τι λεγομένων σημαίνειν τι χωριζομένας καθ' αὑτὰς τὰς κατηγορίας, οἷον διπλάσιον ἄνευ τοῦ διπλάσιον ἡμίσεος, ὅτι ἐμφαίνεται. Der Sinn ist: Die Aussagen dessen, was nur in Bezug auf etwas ausgesagt wird, d. h. des Relativen, bezeichnen an und für sich, d. h. getrennt von dem, worauf die Beziehung stattfindet, nichts. Wenn das Wort κατηγορία die Bedeutung „Aussage als Prädicat" hätte, so würde Aristoteles das von den relativen Ausdrücken Gesagte auf den Fall beschränken, dass sie Prädicate sind. Offenbar bezeichnen sie aber, an und für sich genommen, auch dann nichts, wenn sie Subjecte sind.

Schuppe wendet dagegen ein, dass „die Alten an den Begriff des blossen losgelösten Begriffes nicht so gewöhnt waren wie wir... und dass Aristoteles überhaupt von einem Begriffe ausserhalb der Anwendung nicht spricht. Ein Begriff blos für sich gesagt und nicht als Aussage von irgend einem Subjecte gedacht, ist todt, bedeutungslos, nichts." (S. 29.)

Schuppe wird wohl schwerlich Jemanden überzeugen, dass Aristoteles, der sich so eingehend mit der Definition der Begriffe beschäftigt, von einem Begriffe ausser der Anwendung nicht spreche.

Die dritte Stelle, welche Bonitz zum Beweise für die in Frage stehende Bedeutung von κατηγορία anführt, steht Metaph. Γ. 2. Die εἴδη des ἕν, heisst es hier, sind auch εἴδη des ὄν. Solche εἴδη des ἕν, (bezüglich des πλῆθος) sind z. B. dasselbe, das Aehnliche, das Gleiche, das Andere, das Unähnliche, das Ungleiche. Sie haben Unterarten, unter denen das Entgegengesetzte genannt wird. Es heisst dann weiter (1004 a. 22): Ὥστ' ἐπειδὴ πολλαχῶς τὸ ἕν λέγεται, καὶ ταῦτα πολλαχῶς μὲν λεχθήσεται, ὅμως δὲ μίας (ἐπιστήμης) ἅπαντά ἐστι γνωρίζειν· οὐ γὰρ εἰ πολλαχῶς, ἑτέρας, ἀλλ' εἰ μήτε καθ' ἕν μήτε πρὸς ἕν οἱ λόγοι ἀναφέρονται. ἐπεὶ δὲ πάντα πρὸς τὸ πρῶτον ἀναφέρεται, οἷον ὅσα ἕν λέγεται πρὸς τὸ πρῶτον ἕν, ὡσαύτως φατέον καὶ περὶ ταὐτοῦ καὶ ἑτέρου καὶ τῶν ἄλλων ἔχειν· ὥστε διελόμενον ποσαχῶς λέγεται ἕκαστον οὕτως ἀποδοτέον πρὸς τὸ πρῶτον ἐν ἑκάστῃ κατηγορίᾳ, πῶς πρὸς ἐκεῖνο λέγεται· τὰ μὲν γὰρ τῷ ἔχειν ἐκεῖνο, τὰ δὲ τῷ ποιεῖν, τὰ δὲ κατ' ἄλλους λεχθήσεται τοιούτοις τρόπους. Der Gedanke ist folgender: Die Begriffe „dasselbe", „das Andere"

u. s. w. haben verschiedene Bedeutungen. Gleichwohl hat eine Wissenschaft sie zu untersuchen. Sie werden nämlich πρὸς ἕν ausgesagt. Da aber überhaupt die Begriffe in ihren verschiedenen Bedeutungen auf ein Erstes zurückgeführt werden, wie z. B. das Eine auf ein erstes Eines, so gilt dies auch von demselben, dem Andern u. s. w. Man muss jedes von ihnen in seine verschiedenen Bedeutungen zerlegen und dann angeben, in welcher Beziehung der Begriff in diesen Bedeutungen zu dem Ersten in der Aussage (d. h. in dem Begriffe) steht, ob er ein Haben oder ein Thun dieses Ersten oder ein anderes Verhältniss zu demselben bezeichnet. [1]

---

[1] Da ich auch die von Bonitz gegebene Erklärung von Met. Γ. 2 nicht in allen Punkten für richtig halte, so möge der Gedankengang bis zu der oben angeführten Stelle hier einer genauern Zergliederung unterworfen werden.

In Kapitel 1 behauptet Aristoteles, dass die erste Philosophie die höchsten Ursachen des Seienden als eines solchen zu untersuchen habe. (Vgl. Bonitz z. d. St.) Das Seiende aber hat verschiedene Bedeutungen, sie beziehen sich jedoch sämmtlich πρὸς ἕν καὶ μίαν τινὰ φύσιν. Da nun Alles, was in Bezug auf Eines ausgesagt wird, einer Wissenschaft angehört, so gilt dies auch von allem Seienden als solchem. (1003 a. 33 — 1003 b. 16.) Wenn aber das Erste, von dem das Uebrige abhängt, hauptsächlich Gegenstand einer Wissenschaft ist, und dieses Erste in der vorliegenden Wissenschaft die οὐσία ist, so müssen also vorzüglich die Principien und Ursachen der οὐσία von ihr untersucht werden. (16 — 19.) Es handelt aber eine Wissenschaft über das ganze Geschlecht, das ihren Gegenstand bildet. Διὸ καὶ τοῦ ὄντος ὅσα εἴδη θεωρῆσαι μίας ἐστὶν ἐπιστήμης τῷ γένει, τά τε εἴδη τῶν εἰδῶν. (19 — 22.) Das heisst: Deshalb muss auch eine Wissenschaft die Arten des Seienden (des ὂν ᾗ ὄν) und die Arten dieser Arten untersuchen.

Alexander versteht unter den εἴδη die Geschlechter des Seienden. Ταύτης (τῆς σοφίας) καὶ τὸ εἰδέναι πόσα εἴδη τοῦ ὄντος, τουτέστι πόσα γένη. (640 a. 31.) Διὰ δὲ τῶν νῦν εἰρημένων δέδεικται ὅτι τῆς πρώτης φιλοσοφίας ἡ εἰς τὰ γένη τοῦ ὄντος διαίρεσις, ὃ πεποίηκεν αὐτὸς ἐν ταῖς Κατηγορίαις. (b. 6.) Er schreibt ferner: τὰ δὲ εἴδη τῶν εἰδῶν und erklärt es durch: μέρη τοῦ ὄντος ἐπισητητὰ τοῖς τῆς φιλοσοφίας μέρεσιν. (b. 3.)

Danach würde Aristoteles sagen: Jede Wissenschaft muss sich mit dem ganzen Geschlechte, das ihren Gegenstand bildet, befassen. Deshalb muss die Wissenschaft des ὂν ᾗ ὄν die Arten desselben aufzählen, die Untersuchung derselben aber gehört den Specialwissenschaften an. Das ist ein Widerspruch. Denn wenn eine jede Wissenschaft ihr ganzes Geschlecht behandeln muss, so hat sie auch die Arten desselben zu untersuchen, da diese das Geschlecht bilden.

Ferner wird in dem mit διό beginnenden Satze die im vorigen gemachte allgemeine Behauptung auf die erste Philosophie angewandt. Das ὄν, von dem die Rede ist, ist demnach das ὂν ᾗ ὄν. Es ist nun aber ein Widerspruch in sich, zu sagen, dass das Seiende, sofern es seiend ist, Geschlechter habe, etwa die durch die Kategorien bezeichneten. Denn in dem Ausdruck das Seiende als solches bezeichnet das „als solches“, dass das Seiende genommen werden soll, wie es ohne die Gattungs- oder Artbestimmtheiten ist, mit denen es auftritt.

Endlich sagt, wie Schuppe richtig bemerkt (a. a. O. S. 34), Aristoteles es selbst, dass er mit den εἴδη τοῦ ὄντος die Geschlechter des Seienden nicht meint. Ὅσα περ, heisst es 1003 b. 33, τοῦ ἑνὸς εἴδη, τοσαῦτα καὶ τοῦ ὄντος ἐστίν· περὶ ὧν τὸ τί ἐστι τῆς αὐτῆς ἐπιστήμης τῷ γένει θεωρῆσαι, λέγω δ᾽ οἷον περὶ ταὐτοῦ καὶ ὁμοίου καὶ τῶν ἄλλων τῶν τοιούτων. Unter jenen εἴδη sind also die Begriffe „dasselbe“, „das Aehnliche“, „das Gleiche“ und, wie aus dem Folgenden hervorgeht (vgl. 1004 a. 17 und 1005 a. 15.), „das Andere“, „das Unähnliche“, „das Ungleiche“, „das Frühere“, „das Geschlecht“ u. s. w. zu verstehen. Sie sind nämlich dasselbe, was er später als πάθη des Einen und des Seienden, als eines solchen, die ihnen an sich zukommen, bezeichnet. Sie werden hier wohl deshalb εἴδη genannt, weil im Anschluss an den vorhergehenden Gedanken, das ὂν ᾗ ὄν als γένος gefasst wird. Was den Aristoteles dazu bestimmt, diese Begriffe als dem Seienden an sich zukommend aufzufassen, zeigt z. B. 1004 b. 5: Τοῦ ἑνὸς ᾗ ἓν καὶ τοῦ ὄντος ᾗ ὂν ταῦτα (die genannten Begriffe) καθ᾽ αὑτά ἐστι πάθη, ἀλλ᾽ οὐχ ᾗ ἀριθμοὶ ᾗ γραμμαὶ ᾗ πῦρ u. s. w. Er schliesst also: Da es Begriffe gibt, die der Bestimmtheit des Seienden als solcher nicht zukommen, so müssen sie dem Seienden als solchem eigenthümlich sein.

Hat nun εἴδη die angegebene Bedeutung, so folgt daraus, dass εἴδη δὲ τῶν εἰδῶν nicht bedeuten kann, dass es Sache der untergeordneten Wissenschaften ist, die Geschlechter des Seienden zu untersuchen.

Das Wort κατηγορία hat demnach auch in dieser Stelle die Bedeutung „Aussage“.

Prantl ist anderer Ansicht. „Wenn Bonitz,“ sagt er, „annimmt, es sei hier κατηγορία in einer weit allgemeinern Bedeutung zu nehmen, so dass es blos das Aussprechen des Wortes ἐναντίον be-

---

Abgesehen aber hiervon sind die Specialwissenschaften wohl Arten der Wissenschaft überhaupt, aber nicht Arten der ersten Philosophie. Sie können ihr gegenüber also nicht als εἴδη bezeichnet werden.

Die gewöhnliche Lesart: εἴδη τε τῶν εἰδῶν ist beizubehalten. Der Gedanke ist alsdann dieser: Die erste Philosophie muss von dem ganzen Geschlechte des ὂν ᾗ ὄν handeln, von den Arten und den Arten der Arten. Was Aristoteles mit letzteren meint, zeigt 1004 a. 17: Καὶ τἀντικείμενα τοῖς εἰρημένοις (nämlich ταὐτόν, ὅμοιον καὶ τὰ ἄλλα τὰ τοιαῦτα 1003 b. 95) τό τε ἕτερον καὶ ἀνόμοιον καὶ ἄνισον, καὶ ὅσα ἄλλα λέγεται ἢ κατὰ ταῦτα ἢ κατὰ πλῆθος καὶ τὸ ἕν, τῆς εἰρημένης γνωρίζειν ἐπιστήμης· ὧν ἐστι καὶ ἡ ἐναντιότης, διαφορὰ γάρ τις ἡ ἐναντιότης, ἡ δὲ διαφορὰ ἑτερότης. Arten der Arten sind also die Begriffe, welche unter die Arten des Seienden fallen, wie der Gegensatz unter das Andere.

Um nun die πάθη des ὂν ᾗ ὄν zu finden, bedient Aristoteles sich des Begriffes „das Eine“. Er sucht nämlich zu zeigen, dass das Seiende und das Eine ist ταὐτὸν καὶ μία φύσις … ἀλλ’ οὐχ ὡς ἑνὶ λόγῳ δηλούμενα, und folgert daraus dann, dass die Arten des Einen auch die des Seienden sind. Diese wie dasselbe, das Aehnliche u. s. w. muss also die Wissenschaft des ὂν ᾗ ὄν untersuchen. (1003 b. 22—1004 a. 1.) Es wird darauf folgender Massen fortgefahren: Σχεδὸν δὲ πάντα ἀνάγεται τἀναντία εἰς τὴν ἀρχὴν ταύτην. τεθεωρήσθω δ’ ἡμῖν ταῦτα ἐν τῇ ἐκλογῇ τῶν ἐναντίων. καὶ τοσαῦτα μέρη φιλοσοφίας ἐστὶν ὅσαιπερ αἱ οὐσίαι· ὥστε ἀναγκαῖον εἶναι πρώτην τινὰ καὶ ἐχομένην αὐτῶν, ὑπάρχει γὰρ εὐθὺς γένη ἔχοντα τὸ ὂν καὶ τὸ ἕν· διὸ καὶ ἐπιστῆμαι ἀκολουθήσουσι τούτοις. Mit der Philosophie geht es nämlich, wie mit der Mathematik. Denn auch diese hat eine erste Wissenschaft, an die sich die anderen anschliessen. (1004 a. 1 — 9.)

Was den Text angeht, so setzt Bonitz mit Alexander hinter τῶν ἄλλων τῶν τοιούτων (1003 b. 36) die Worte καὶ τῶν τούτοις ἀντικειμένων. Er bemerkt dazu: Quod in textum recepi (die genannten Worte), obtemperavi auctoritati Alexandri, quamquam video quid merito objici possit. Quum enim infra demum 1004 a. 9 Aristoteles demonstret, ejusdem scientiae esse et ipsam rem et eam, quae ei opposita est, contemplari, non videtur jam hoc loco simul cum notionibus τῷ ἑνί et τῷ ὄντι subjectis eas afferre posse, quae his oppositae sint. Quod licet vere dici videatur, tamen si haec verba cum Brandisio et Bekkero omiserimus, explicari vix potest, qui potuerit proximis verbis τἀναντία πάντα commemorare, nisi praecesserit oppositorum mentio. (zu 1003 b. 36.)

Ueber den Gedanken des ersten Satzes bemerkt Alexander Folgendes: Ὅτι μὲν οὖν ἀνωτέρω τὸ ἕν τοῦ τε ταὐτοῦ καὶ ὁμοίου καὶ τοῦ ἴσου καὶ τῶν τοιούτων, δηλοῖ, δι’ ὧν λέγει „σχεδὸν — ταύτην“.

Zunächst würde der Ausdruck ein sehr ungenauer sein, wenn der letztere Satz beweisen sollte, dass dasselbe, das Aehnliche u. s. w. und das Gegenüberliegende unter das Eine fallen, da das ἀντικείμενον der weitere Begriff ist, dem das ἐναντίον untergeordnet. Ohne den Zusatz καὶ τῶν τούτοις ἀντικειμένων aber würde der Satz sich überhaupt nicht auf die beispielsweise angeführten Begriffe beziehen können. Ferner dürfte, wenn Alexanders Erklärung richtig wäre, nicht δέ nach σχεδόν stehen. Denn dazu, dass die genannten Begriffe εἴδη des Einen sind, bildet ihre Subsumtion unter dasselbe keinen Gegensatz. Endlich sieht man nicht, was im Anschluss an die Angabe, dass dasselbe, das Andere u. s. w. Arten eines bestimmten Begriffes sind, der Beweis dafür, dass sie unter denselben fallen, bezwecken könnte. Letzteres folgt schon daraus, dass sie Arten desselben sind, so dass es keines besondern Beweises bedurfte. Alexanders Erklärung ist also unhaltbar.

Der Satz ist zu dem Folgenden zu beziehen. Der Gedanke wird dieser sein: Es ist Sache der Wissenschaft vom Einen (also auch vom Seienden) auch die εἴδη desselben zu betrachten. (Alles aber fällt unter das Eine), alle Gegensätze fallen nämlich unter dasselbe, (es sind aber πάντα ἢ ἐναντία ἢ ἐξ ἐναντίων). (Es gibt also eine Wissenschaft des Seienden als eines solchen.) (Vgl. 1004 b. 33.) Und es gibt so viele Theile der Philosophie, als es verschiedene οὐσίαι gibt. Daraus folgt, dass es eine erste Philosophie gibt und eine sich daran schliessende zweite. Das Eine und das Seiende hat nämlich sofort Geschlechter, diesen aber entsprechen Wissenschaften. (Also ist jene Behauptung über die Theile der Philosophie richtig.)

Die in dem Satze mit ὥστε ausgesprochene Folgerung gründet sich nicht blos auf den unmittelbar vorhergehenden, sondern auch auf den mit σχεδόν beginnenden Satz. Denn daraus, dass es den ver-

zeichne, so wird dies nicht blos durch die Beziehung auf ἔχειν und ποιεῖν, sondern noch mehr durch folgende Stelle gleichen Inhalts widerlegt: Δ. 10, 1018 a. 35: ἐπεὶ δὲ τὸ ἓν καὶ τὸ ὂν πολλαχῶς λέ-

---

schiedenen οὐσίαι entsprechend verschiedene Theile der Philosophie gibt, folgt nicht, dass eine erste Philosophie da ist, und dass sich eine zweite daran schliesst. Es wäre nämlich möglich, dass die Principien der verschiedenen οὐσίαι durchaus verschieden wären. Wenn aber auf das Eine alles zurückgeführt wird, es also eine Wissenschaft des Seienden als eines solchen gibt, so muss es auch eine erste Wissenschaft geben, an die sich eine zweite anschliesst. Es ist dabei zu bemerken, dass Aristóteles die Wissenschaft von dem Seienden als solchem für dieselbe hält mit der von der ersten Gattung der οὐσίαι, nämlich dem idealen Seienden. Es heisst Metaph. E 1. 1026a. 29: Εἰ ἔστι τις οὐσία ἀκίνητος, αὕτη προτέρα (τῆς οὐσίας κινητῆς) καὶ φιλοσοφία πρώτη καὶ καθόλου οὕτως, ὅτι πρώτη· καὶ περὶ τοῦ ὄντος ᾗ ὂν ταύτης ἂν εἴη θεωρῆσαι, καὶ τό ἐστι καὶ τὰ ὑπάρχοντα ᾗ ὄν.

Aristoteles bedient sich demnach des Einen, um die der Wissenschaft vom Seienden als einem solchen angehörenden εἴδη desselben zu finden. Eingeschoben wird ein vermittelst des Einen geführter Beweis, dass jene Wissenschaft die erste Philosophie, an die sich eine zweite anschliessen muss.

Da also τὰ ἐναντία in dem mit σχεδόν beginnenden Satze keine Beziehung zu dem Vorhergehenden hat, so fällt die Stütze, die Bonitz für das καὶ τῶν τούτοις ἀντικειμένων annahm. Die handschriftlich nicht besseren, aus dem von jenem oben angeführten Grunde falschen Worte sind zu streichen.

Da es Sache einer Wissenschaft ist, heisst es weiter, das Gegenüberliegende zu betrachten, dem Einen aber die Vielheit gegenüberliegt, (so ist es Sache einer Wissenschaft, beide zu behandeln). Der Schluss wird von Aristoteles eines Zwischensatzes wegen nicht ausgesprochen. Dass es Sache einer Wissenschaft sei, das Gegenüberliegende zu untersuchen, wird nämlich an zwei Arten desselben, der ἀπόφασις und στέρησις, gezeigt — an diesen offenbar deshalb, weil Aristoteles annimmt, als eine derselben müsse der Gegensatz zwischen dem Einen und der Vielheit aufgefasst werden — und daran weiter der Unterschied beider geknüpft. Daraus aber, dass die Vielheit dem Einen gegenüberliegt (und beide einer Wissenschaft angehören), wird gefolgert, dass auch die den Arten des Einen gegenüberliegenden Arten, also das Andere, das Unähnliche und Ungleiche und deren Unterarten, derselben Wissenschaft angehören. (Sie sind nämlich εἴδη der Vielheit). Zu jenen Unterarten gehört das ἐναντίον (1004 a. 9 — 22).

Da aber das Eine verschiedene Bedeutungen hat, und die Begriffe „dasselbe" u. s. w. εἴδη desselben sind, so gilt jenes auch von diesen Begriffen. Aber trotzdem gehören sie einer Wissenschaft an (die verschiedenen Bedeutungen werden nämlich πρὸς ἕν ausgesagt). (22 — 25.) Da aber das Eine, auf das überhaupt alle Begriffe bezogen werden, das Erste in ihnen ist, wie z. B. Alles, was Eines genannt wird, auf ein erstes Eines zurückgeführt wird, so gilt ein Gleiches von den genannten εἴδη. (Das Genauere siehe oben im Text.) Aus dem bis dahin im Kapitel Gesagten wird dann der Schluss gezogen, dass es einer Wissenschaft Sache sei, die οὐσία und die dem ὄν an sich zukommenden εἴδη zu betrachten.

Was den Text angeht, so ist zu bemerken, dass 1004 a. 27 in dem Satze ὡσαύτως φατέον περὶ ταὐτοῦ καὶ ἑτέρου καὶ τῶν ἐναντίων ἔχειν das τῶν ἐναντίων falsch ist. Die Rede ist nämlich von den εἴδη des Einen als eines solchen, dass nämlich ihre verschiedenen Bedeutungen πρὸς ἕν ausgesagt werden und auf ein Erstes zurückzuführen sind. Unter diese εἴδη gehört das ἐναντίον. Es konnte also gesagt werden, dass jene Zurückführung auch von diesem gelte. Τὰ ἐναντία hingegen sind die Begriffe oder Gegenstände, die entgegengesetzt sind, z. B. Ruhe und Bewegung. Sie sind keine εἴδη des ἓν ᾗ ἕν. Sie gehören also gar nicht in den Gedankenzusammenhang. Wollte man dagegen einwenden, dass Aristoteles unter τὰ ἐναντία hier die εἴδη des Einen verstehe, die entgegengesetzt sind, z. B. das Gleiche und Ungleiche, das Frühere und Spätere, so hätte er τῶν ἄλλων ἐναντίων schreiben müssen, da dasselbe und das Andere auch entgegengesetzt sind. Es läge demnach am nächsten, statt τῶν ἐναντίων zu schreiben τοῦ ἐναντίου. Da jedoch alsdann der Ausdruck nachlässig wäre, indem statt der εἴδη des Einen überhaupt nur einzelne genannt wären, so dürfte es wahrscheinlicher sein, dass Aristoteles τῶν ἄλλων geschrieben hat.

Ferner wird 1004 a. 30 gelesen: τὰ μὲν τῷ ἔχειν ἐκεῖνα. Ἐκεῖνα würde sich auf die Begriffe ταὐτόν, ἕτερον u. s. w. beziehen, und der Sinn wäre alsdann: Anderes wird etwas entweder genannt, weil es das Andere hat, oder weil es das Andere thut, oder weil u. s. w. Gemeint soll damit sein: „weil es das Andere in seiner Grundbedeutung hat." Aber es würde dann der Ausdruck ungenau sein. Auch ist es gar nicht des Aristoteles Ansicht, dass das πρῶτον, auf das Alles zurückgeführt werden soll,

γεται, ἀκολουθεῖν ἀνάγκη καὶ τἆλλα ὅσα κατὰ ταῦτα λέγεται, ὥστε καὶ τὸ ταὐτὸν καὶ τὸ ἕτερον καὶ τὸ ἐναντίον, ὥστε εἶναι ἕτερον καθ᾽ ἑκάστην κατηγορίαν." (Geschichte der Logik im Abendlande. Band I. Seite 194. Anmerkung).

Wenn das Wort κατηγορία Kategorie [1]) bezeichnete, so wäre der Sinn: „Man muss die verschiedenen Bedeutungen der Worte „dasselbe", „das Andere" u. s. w. bestimmen und angeben, in welcher Weise sie sich zu dem Ersten in jeder Kategorie [2]) verhalten." Das Verhältniss, das die Begriffe in ihren verschiedenen Bedeutungen zu den Kategorien haben, ist stets dasselbe; es besteht darin, dass sie durch die Kategorien gebildet werden. Von einer Unterordnung nämlich unter eine bestimmte Kategorie ist hier natürlich nicht die Rede. Es wäre demnach ungereimt, zu verlangen, dass bei jedem einzelnen Begriffe dieses Verhältniss besonders anzugeben sei.

Ferner heisst es in dem vorhergehenden Satze: Alles muss auf ein ihm zu Grunde liegendes Erstes zurückgeführt werden, das Eine z. B. auf ein erstes Eines. Daraus soll gefolgert werden (ὥστε), dass das Verhältniss, welches die Begriffe „dasselbe", „das Andere" u. s. w. zu dem Ersten in jeder Kategorie haben, bestimmt werden müsse. Diese Folgerung würde nur dann richtig sein, wenn das Erste in jeder Kategorie das jedem der genannten Begriffe zu Grunde liegende Erste wäre. Die Kategorien drücken aber das Verhältniss der verschiedenen Bedeutungen eines Begriffes zu diesem Ersten aus; bilden es also nicht selbst.

Auch der weitere Gedankenzusammenhang spricht gegen Prantl. Es haben, heisst es, die Begriffe „dasselbe", „das Andere" u. s. w. verschiedene Bedeutungen, sie gehören aber trotzdem einer Wissenschaft an, da sie πρὸς ἕν ausgesagt werden. Was soll in Verbindung damit die Forderung, dass das Verhältniss jener Begriffe zu den verschiedenen Kategorien bestimmt werde?

Dass Aristoteles bei dem ἔχειν und ποιεῖν an die Kategorien gedacht habe, ist fraglich. Er nimmt allerdings an, dass die Begriffe „dasselbe", „das Andere", „das Entgegengesetzte" u. s. w. nach den verschiedenen Kategorien verschiedene Bedeutungen haben, wie dies unter Anderem die von Prantl angeführte Stelle (1018 a. 35) beweist. Anderseits aber führt er selbst die verschiedenen Bedeutungen nicht durch die Kategorien auf das ihnen zu Grunde liegende Erste zurück. Es heisst Metaph. I. 4, 1055 a. 33: Πρώτη ἐναντίωσις ἕξις καὶ στέρησίς ἐστιν, οὐ πᾶσα δὲ στέρησις ... ἀλλ᾽ ἥτις ἂν τελεία ᾖ. τὰ δ᾽ ἄλλα ἐναντία κατὰ ταῦτα λεχθήσεται, τὰ μὲν τῶ ἔχειν, τὰ δὲ τῷ ποιεῖν ἢ ποιητικὰ εἶναι, τὰ δὲ τῷ λήψεις εἶναι καὶ ἀποβολαὶ τούτων. Obgleich auch hier ἔχειν und ποιεῖν vorkommen, so zeigen doch die mit ihnen verbundenen Begriffe, dass an eine Zurückführung durch die Kategorien überhaupt, auch wenn man das Wort in dem von Prantl angenommenen weiteren Sinne nimmt, nicht gedacht ist. Auch im selben Kapitel (Γ. 2. 1003 a. 34.) heisst es in analoger Weise: Τὸ ὑγιεινὸν ἅπαν πρὸς ὑγίειαν (λέγεται), τὸ μὲν τῷ φυλάττειν, τὸ δὲ τῷ ποιεῖν, τὸ δὲ τῷ σημεῖον εἶναι τῆς ὑγιείας, τὸ δὲ ὅτι δεκτικὸν αὐτῆς, καὶ τὸ ἰατρικὸν πρὸς ἰατρικήν (τὸ μὲν γὰρ τῷ ἔχειν ἰατρικὴν λέγεται ἰατρικόν, τὸ δὲ τῷ εὐφυὲς εἶναι πρὸς αὐτήν, τὸ δὲ τῷ ἔργον εἶναι τῆς ἰατρικῆς). Das εὐφυές zeigt, dass trotz ἔχειν und ποιεῖν an die Kategorien nicht gedacht ist. Gesetzt ferner, es

---

die Grundbedeutung ist. Das Erste für den Begriff „Gesund" ist nicht das, was er an sich bedeutet, sondern die Gesundheit. Es ist mit einem Paar Handschriften zu schreiben ἐκεῖνο. Es bezieht sich auf τὸ πρῶτον ἐν ἑκάστη κατηγορία.

[1]) Dass Prantl, wenn er von den Kategorien des Aristoteles spricht, dem Worte eine weitere Bedeutung gibt, als oben von mir geschehen, ist hier gleichgültig.

[2]) Dass nämlich ἐν ἑκάστη κατηγορία mit πρῶτον, nicht mit ἀποδοτέον zu verbinden sei, zeigt sowohl Wortstellung als Sinn.

werde in der obigen Stelle gleichwohl durch jene Wörter auf die Kategorien hingewiesen, so beweist dies nicht die von Prantl behauptete Bedeutung des Wortes κατηγορία. Der Satz τὰ μὲν γάρ begründet nämlich das πῶς im vorhergehenden Satze, er gibt an, warum man sehen müsse, wie die betreffenden Begriffe πρὸς τὸ πρῶτον ἐν ἑκάστῃ κατηγορίᾳ ausgesagt werden. Es gibt nämlich verschiedene Arten dieser Aussage, eine ist z. B. das ἔχειν des πρῶτον, eine andere das ποιεῖν. Wenn nun Aristoteles die Kategorien als diese verschiedenen Arten gedacht hat, so sagt er im ersten Satze: Man muss angeben, mit welcher Kategorie bestimmte Begriffe πρὸς τὸ πρῶτον ἐν ἑκάστῃ κατηγορίᾳ ausgedrückt werden. Dass hier die Erwähnung der Kategorien nicht beweist, dass das Wort κατηγορία Kategorie bedeutet, liegt auf der Hand. Im Gegentheil würde aus dem Satze hervorgehen, dass es unmöglich ist, dass dasselbe diese Bedeutung hat. Denn der Sinn würde sein: Es ist anzugeben, mit welcher Kategorie bestimmte Begriffe in Bezug auf das Erste in jeder Kategorie ausgedrückt werden.

In anderer Weise sucht Schuppe zu beweisen, dass das Wort κατηγορία in der obigen Stelle die Bedeutung Kategorie habe. Er erklärt nämlich die Stelle ὥστε — τρόπους folgender Massen: „Nach Erkenntniss der genannten Arten der Beziehung (τὰ μὲν τῷ ἔχειν κτλ) erkennen wir trotz der Verschiedenartigkeit der im Einzelnen geltenden Bestimmungen die Einheit und sind so im Stande, alle ἐναντία als εἴδη τῶν εἰδῶν auf den Urgegensatz zurückzuführen. Mit ἑκάστῃ κατηγορίᾳ (1004 a. 29) können nur die Kategorien, die Gebiete des Konkreten, gemeint sein, in welchen jene ἐναντία erscheinen und auf das πρῶτον, in längerer oder kürzerer Vermittelung, auf den Urgegensatz, der zu den εἴδη des ὂν ᾗ ὄν gehört, zurückgeführt werden. Dieser Urgegensatz ist das ταυτόν und ἕτερον." (Vgl. a. a. O. S. 36.) „Schon von 1004 a. 1 an handelt Aristoteles von der Reducirung aller ἐναντία auf die ersten ἐναντία, welche zu den εἴδη des ὂν ᾗ ὄν gehören." (S. 35.)

Dass letzteres ein Irrthum ist, wird aus dem, was in der Anmerkung über den Gedankengang des Aristoteles bemerkt ist, hinlänglich hervorgehen.

Auch in unserer Stelle ist von keiner Zurückführung von Begriffen auf die Urgegensätze die Rede. Die Begriffe „dasselbe", „das Andere" u. s. w. sollen nämlich geradeso auf ein Erstes zurückgeführt werden, wie das Eine. Das Erste aber, auf das dieses reducirt wird, ist das erste Eine, auf das sich die verschiedenen Bedeutungen des Einen beziehen. Es handelt sich also auch bei jenen Begriffen um die Zurückführung ihrer verschiedenen Bedeutungen auf das ihnen in analoger Weise zu Grunde liegende Erste.

Abgesehen ferner von dem Gedankenzusammenhang kann die Stelle, selbst wenn man die von Schuppe angenommene Bedeutung der einzelnen Wörter zugibt, den angegebenen Sinn nicht haben. Bezeichnet κατηγορία Kategorie, so kann πρῶτον ἐν ἑκάστῃ κατηγορίᾳ nur ausdrücken „das Erste, das jeder Kategorie zu Grunde liegt". Damit wird die gegebene Erklärung des Gedankens unhaltbar.

Es ist aber ausserdem das ἕκαστον falsch bezogen. „Wenn Aristoteles," heisst es S. 39, „sagt: ἐπεὶ δὲ πάντα πρὸς τὸ πρῶτον ἀναφέρεται οἷον ὅσα ἓν λέγεται πρὸς τὸ πρῶτον ἕν, ὡσαύτως φατέον καὶ περὶ ταὐτοῦ καὶ ἑτέρου καὶ τῶν ἐναντίων ἔχειν, so ist es in dem folgenden ὥστε διελόμενον ποσαχῶς λέγεται ἕκαστον schon sprachlich eine baare Unmöglichkeit, dies ἕκαστον anders zu denken, als nach dem Vorhergehenden, nämlich ὅσα ταὐτὸν καὶ ἕτερον καὶ ἐναντία λέγεται." Es ist sprachlich sehr wohl möglich, dass ein Pronomen sich auf unmittelbar vorhergehende Substantiva, mit denen es nach den Regeln der Grammatik übereinstimmt, beziehe. Ausserdem beweist der Gedanke, dass die dem ἕκαστον beigelegte Bedeutung falsch ist. Es handelt sich, wie gesagt, um die Zurückführung der Begriffe „dasselbe", „das Andere" u. s. w. auf das ihnen zu Grunde liegende Erste. Was soll nun zu diesem Zwecke die Zerlegung jedes Einzelnen, das unter diese Begriffe fällt, in seine verschiedenen Bedeutungen?

Gegen Bonitz Auslegung der Stelle bemerkt Schuppe unter Anderem, dessen Widerlegung der oben gegebene Gedankengang enthält, Folgendes: „Wenn unter ἕκαστον nur, wie Bonitz meint l. l. p. 620, die höchsten εἴδη des ὄν ᾗ ὄν, die Urgegensätze ταὐτόν καὶ ἕτερον zu verstehen sind, und wenn das πρῶτον ἐν ἑκάστῃ κατηγορίᾳ „dasjenige ist, was beim Aussprechen und Aussagen eines jeden dieser Begriffe des ταὐτόν, ἕτερον, ἐναντίον die erste Grundbedeutung ist", so ist gar nicht zu begreifen, wie ἕκαστον selbst, d. i. also z. B. das ταὐτόν auf seine erste und Grundbedeutung zurückgeführt werden soll." (Seite 37.)

Zunächst sind ohne Zweifel auch nach Bonitz Meinung das ταὐτόν und ἕκαστον nur beispielsweise für alle die Begriffe, welche πάθη des ὄν ᾗ ὄν sind, angeführt. Ferner ist allerdings in dem Satze πῶς — λέγεται, Subject „jedes"; gemeint ist aber „jedes in seinen verschiedenen Bedeutungen". Diese Bestimmung ist aus dem vorhergehenden Gedanken zu suppliren. Wir haben hier eine Ungenauigkeit des Ausdrucks, die nichts Auffallendes hat.

Ferner sagt Schuppe (S. 38): „In jedem Falle, sowohl wenn ἕκαστον nach Bonitz die abstraktesten Begriffe ταὐτόν und ἕτερον selbst sind, als auch, wenn es, wie ich meine, die diesen untergeordneten Begriffe sind, immer ist gerade ἐν ἑκάστῃ κατηγορίᾳ das πρῶτον als solches nicht erkennbar. Πρῶτον wird das gemeinte Moment erst dann, wenn wir die einzelne Aussage, resp. die einzelne Bedeutung verlassen und den Blick aufs Ganze wenden, wenn das gemeinte Moment als das allen Gemeinsame, sie Vereinigende, als Gattung erscheint. Wir müssen also, um das πρῶτον ἐν ἑκάστῃ κατηγορίᾳ zu begreifen, uns eine Anzahl von Aussagen resp. Begriffen denken, die in dem einen Momente, um dessen willen wir sie zusammenfassen, ihr Wesen und ihre Einheit haben. Also haben wir uns unter ἑκάστῃ κατηγορίᾳ jedenfalls ganze Klassen von Bestimmungen zu denken."

Πρῶτον ἐν ἑκάστῃ κατηγορίᾳ bezeichnet das Erste in jeder Aussage, wie z. B. nach Aristoteles in der Aussage ὑγιεινόν die ὑγίεια, in der Aussage ὄν die οὐσία das Erste ist. Erstes ist ein solches natürlich im Verhältniss zu den übrigen Bestimmungen des Begriffes, die ὑγίεια z. B. zu dem ἔχειν im ὑγίειαν ἔχειν. Kann ferner das ἔχειν ὑγίειαν eine Klasse von Bestimmungen des ὑγιεινόν genannt werden? Und wenn es der Fall wäre, würde daraus folgen, dass das ὑγιεινόν eine Kategorie ist?

Mit Recht hat also Bonitz behauptet, dass das Wort κατηγορία in der besprochenen Stelle die blosse Bedeutung der Aussage habe. Dass nämlich auch von keiner Prädication der betreffenden Begriffe die Rede, ergibt sich gleichfalls aus dem Gedanken.

Vollständig jedoch kann ich der von jenem gegebenen Erklärung der Stelle nicht zustimmen. Er umschreibt dieselbe nämlich folgender Massen: „Man hat zur Unterscheidung der mannigfachen im Gebrauche vorkommenden Bedeutungen anzugeben, wie sich jede derselben zu der ersten, ursprünglichen verhalte, welche man durch Aussprechen eines jeden dieser Begriffe meint. Dies ist πρὸς τό πρῶτον ἐν ἑκάστῃ κατηγορίᾳ, auf dasjenige, was beim Aussprechen und Aussagen eines jeden dieser Begriffe, des ταὐτόν, ἕτερον, ἐναντίον die erste und Grundbedeutung ist." (Ueber die Kategorien des Aristoteles, in den Sitzungsberichten der phil. hist. Cl. der Wiener Akad. der Wissensch. Bd. X. S. 620.)

Zunächst wäre der Ausdruck „das Erste beim Aussprechen des ταὐτόν", wenn er das Erste, das man meint beim Aussprechen des Begriffes, bezeichnen sollte, mangelhaft und dunkel. Würde man ferner, um das Erste in einem Begriff zu bezeichnen, sagen das Erste, das man beim Aussprechen eines Begriffes meint? Was soll in dem Ausdrucke das Aussprechen? Endlich kann ἑκάστῃ κατηγορία wohl nicht bedeuten das Aussprechen eines jeden dieser Begriffe, sondern nur jedes Aussprechen der Begriffe. Es würde aber unerklärlich sein, warum hervorgehoben wird, dass von jedem Aussprechen, das überhaupt vorkommt, die Rede ist.

Zu dem Worte κατηγορία sind nicht die Begriffe „dasselbe", „das Andere" u. s. w. als Object hinzuzudenken, sondern diese Begriffe werden selbst Aussagen genannt. Gerade so wie in der oben angeführten Stelle des Gehende κατηγορία hiess.

In den von Bonitz angeführten Stellen wird also das Wort „κατηγορία“ in einer Weise gebraucht, dass es die Bedeutung Prädicat nicht haben kann.

Sonst wird regelmässig ein Gegenstand angegeben, von dem der als κατηγορία bezeichnete Begriff ausgesagt wird. Dadurch entsteht der Schein, dass das Wort als Prädicat gefasst werde. In Wirklichkeit hat es jedoch nirgends diese Bedeutung.

Der Begriff „Prädicat“ gibt die Stellung an, welche ein Wort in einem Satze einnimmt. Gilt ein Gleiches auch von dem Begriff „κατηγορία“?

Aristoteles macht das Ausgesagte regelmässig nicht zum Prädicate. Er wendet nämlich bekanntlich unzählige Mal den Ausdruck ὑπάρχειν an und sagt dann statt „A ist B“, „denn A kommt B zu“ (τῷ A ὑπάρχει τὸ B). Hier ist das von A ausgesagte B Subject. Also daraus, dass etwas eine Aussage von einem andern bildet, folgt nicht, dass es als Prädicat desselben angesehen wird.

Damit man aber nicht etwa glaube, dass eine Aussage, falls sie Subject ist, nicht als κατηγορούμενον bezeichnet werde, nehme man z. B. Analyt. pr. A. 26 a. 23: Ὑπαρχέτω, heisst es hier, τὸ μὲν A παντὶ τῷ B, τὸ δὲ B τινὶ τῷ Γ. Οὐκοῦν εἰ ἔστι παντὸς κατηγορεῖσθαι τὸ ἐν ἀρχῇ λεχθέν, ἀνάγκη τὸ A τινὶ τῷ Γ ὑπάρχειν. Also nimmt Aristoteles an, dass in dem Satze „ὑπαρχέτω τὸ A παντὶ τῷ B“ das A von dem B κατηγορεῖται, obgleich es Subject ist.

Es heisst ferner Anal. post. A 81 b. 33: Εἰ τοῦ μὲν A μηδὲν κατηγορεῖται καθ᾽ αὑτό, τὸ δὲ A τῷ Θ ὑπάρχει πρώτῳ .... καὶ τὸ Θ τῷ H καὶ τοῦτο τῷ B, ἄρα καὶ τοῦτο ἵστασθαι ἀνάγκη ... διαφέρει δὲ τοῦτο τοῦ πρότερον (von den aufsteigenden Aussagen) τοσοῦτον, ὅτι τὸ μὲν .... θάτερον ἀρξάμενον ἀπὸ τοιούτου, ὃ αὐτὸ μὲν ἄλλου, ἐκείνου δὲ μηδὲν κατηγορεῖται, ἐπὶ τὸ κάτω σκοπεῖν, εἰ ἐνδέχεται εἰς ἄπειρον ἰέναι. Die Aussage des A von dem Θ, welche ausgedrückt ist in dem Satze „τὸ A τῷ Θ ὑπάρχει“, wird also durch κατηγορεῖν bezeichnet.

Demnach drückt der Begriff „κατηγορία“ kein syntactisches Verhältniss aus. Der Fehler, den man gemacht hat, besteht darin, dass man die Aussage von etwas ohne Weiteres als Prädicat d. h. als Aussage bestimmter Art gefasst hat. Man darf eben so wenig aus der Verwendung des κατηγορεῖν auf die Bedeutung Prädicat schliessen, wie der gleiche Gebrauch des Wortes „aussagen“ diesen Schluss gestatten würde.

Sämmtliche κατηγορίαι (statt dieses Ausdrucks wird auch κατηγορήματα und natürlich κατηγορούμενα gebraucht) fallen nun unter eine Reihe von höchsten Aussagen, Kategorien. Aristoteles bezeichnet diese als σχήματα τῶν κατηγοριῶν [1]) oder γένη τῶν κατηγοριῶν, Formen oder Geschlechter der Aussagen, oder einfach als κατηγορίαι.

Nach Bonitz ist „κατηγορίαι τοῦ ὄντος der eigentliche vollständige Name für die Kategorien, als oberste Geschlechter des Seienden“. Es bedeutet nämlich κατηγορίαι auch, „dass ein Begriff in bestimmter Bedeutung ausgesprochen oder ausgesagt werden soll, ohne dass dadurch seiner Beziehung auf einen andern irgend wie gedacht werde. Der Plural wird hiernach bezeichnen können die verschiedenen Weisen, in welchen ein Begriff ausgesagt wird, die verschiedenen Bedeutungen, welche man mit seinem Aussagen verbindet, also κατηγορίαι τοῦ ὄντος die verschiedenen Bedeutungen, welche man mit dem Aussagen des Begriffes ὄν verbindet, genau dasselbe wie πολλαχῶς λέγεται τὸ ὄν. [2])

„In der Verbindung τὰ γένη τῶν κατηγοριῶν ist der Genitiv τῶν κατηγοριῶν in einer der bestimmenden Apposition gleichen Bedeutung aufzufassen: τὰ γένη nämlich αἱ κατηγορίαι.“ (a. a. O. S. 621 f.)

Zunächst ist es misslich, dass Bonitz in dem häufiger wiederkehrenden Ausdruck γένη τῶν κατηγοριῶν und σχήματα τῶν κατηγοριῶν dem Genitiv eine so ungewöhnliche Bedeutung beilegen muss.

---

[1]) Ueber diesen Ausdruck vgl. Bonitz (a. a. O. S. 630). Unzweifelhaft ist in demselben nicht an die äussere Form der Aussage gedacht; σχῆμα ist dem εἶδος synonym.

[2]) Aehnlich urtheilt Ueberweg (System der Logik 3te Aufl. S. 99).

Sie wäre hier doppelt auffällig, weil der Ausdruck „γένη nämlich αἱ κατηγορίαι" so viel hiesse wie „γένη nämlich γένη oder εἴδη τῶν κατηγοριῶν". Der Plural des Wortes „κατηγορίαι" soll nämlich die Arten ausdrücken.

Wenn ferner κατηγορία Aussage bedeutet, muss zur Bezeichnung der Kategorien, welche Geschlechter der Aussagen sind, γένη τῶν κατηγοριῶν genauer sein, als das blosse κατηγορίαι. Jenes Substantivum drückt nämlich ohne Zweifel in bestimmterer Weise als der Plural das Verhältniss aus, das die Kategorien zu den Aussagen überhaupt haben.

Meiner Ansicht nach kann aber der Plural überhaupt nicht den Begriff „Weisen oder Arten" ausdrücken. Es dürfte auch sonst der Singular κατηγορία nicht zur Bezeichnung einer Kategorie verwandt werden. Es lässt sich dagegen nicht etwa einwenden, mit dem Plural des Wortes habe sich die Bedeutung „Kategorie" so fest verbunden, dass sie allmälig auch auf den Singular übertragen sei. Jenes ist nämlich deshalb unmöglich, weil das Wort im Plural auch die Bedeutung „Aussagen" hat. So heisst es z. B. Anal. post. A. 20, 82 a. 21: Ὅτι μὲν οὖν τὰ μεταξὺ οὐκ ἐνδέχεται ἄπειρα εἶναι, εἰ ἐπὶ τὸ κάτω καὶ τὸ ἄνω ἵστανται αἱ κατηγορίαι, δῆλον.

Dass κατηγορίαι statt γένη τῶν κατηγοριῶν gesetzt wird, ist eine Nachlässigkeit des Ausdrucks, die sich Aristoteles oft erlaubt, wenn der Sinn der Stelle hinreichend zeigt, dass die Kategorien gemeint sind. Es ist demnach nicht der Plural, sondern der ganze Gedanke, welcher bezeichnet, dass die Aussagen, von denen die Rede, die Kategorien sind.

Aehnlich steht τρεῖς κινήσεις für τρία γένη τῶν κινήσεων. Es heisst nämlich Phys. E 1 225 b 5: Εἰ οὖν αἱ κατηγορίαι διήρηνται οὐσίᾳ καὶ ποιότητι καὶ τῷ ποῦ καὶ τῷ ποτὲ καὶ τῷ πρός τι καὶ τῷ ποσῷ καὶ τῷ ποιεῖν ἢ πάσχειν, ἀνάγκη τρεῖς εἶναι κινήσεις, τήν τε τοῦ ποιοῦ καὶ τοῦ ποσοῦ καὶ τὴν κατὰ τόπον. Ferner sagt Aristoteles im selben Kapitel 225 a 7: Ὥστε ἀνάγκη ἐκ τῶν εἰρημένων τρεῖς εἶναι μεταβολάς, τήν τε ἐξ ὑποκειμένου εἰς ὑποκείμενον, καὶ τὴν ἐξ ὑποκειμένου εἰς μὴ ὑποκείμενον, καὶ τὴν ἐκ μὴ ὑποκειμένου εἰς ὑποκείμενον. Es liegt auf der Hand, dass τρεῖς μεταβολάς für τρία γένη τῶν μεταβολῶν steht. Ferner heisst es in der oben besprochenen Stelle der Metaphysik Γ 2. 1004 a 3: Καὶ τοσαῦτα μέρη φιλοσοφίας ἐστίν, ὅσαι περ αἱ οὐσίαι. Auch hier steht οὐσίαι für γένη τῶν οὐσιῶν. Die angeführten Beispiele, die sich leicht vermehren liessen, zeigen, dass κατηγορίαι für γένη τῶν κατηγοριῶν nichts ist als eine auch sonst häufiger vorkommende Nachlässigkeit des aristotelischen Ausdrucks.

Es sei noch bemerkt, dass auch der Ausdruck γένη oder σχήματα τῶν κατηγοριῶν keine genaue Bezeichnung der Kategorien enthält. Sie sind nämlich die höchsten Geschlechter und Formen der Aussagen.

Für γένη τῶν κατηγοριῶν sagt Aristoteles auch blos γένη (z. B. De anima A. 1 402 a. 23). Dass er ferner die Kategorien auch γένη τῶν ὄντων nennt (De anima B 1. 412 a. 6), beruht auf der Annahme, Begriff und Ding deckten sich. (Vgl. darüber Steinthal, Geschichte der Sprachwissenschaft, Seite 207 ff.) Weiter bedient er sich zur Bezeichnung der Kategorien des Ausdrucks πτώσεις, etwa Modificationen des Seienden oder der Aussagen (vgl. Bonitz a. a. O. S. 614 f.). Die Auffassung ist eine ähnliche wie bei der Bezeichnung σχήματα τῶν κατηγοριῶν. Ferner sagt er von ihnen, dass sie τὰ πρῶτα seien (Metaph. Z 9. 1034 b. 9), indem sie nämlich das allen übrigen Begriffen zu Grunde liegende Erste sind. Dass sie ferner κοινά (Metaph. Λ 4, 1070 b. 1) und κατὰ μηδεμίαν συμπλοκὴν λεγόμενα (Categ. 4, 1 b 25) sind, versteht sich von selbst.

Aristoteles fasst nun die Kategorien als die höchsten Geschlechter der Aussagen oder Begriffe und dann auch der Dinge selbst, indem er Begriff und Ding nicht genügend aus einander hält.

Anderer Ansicht ist Prantl. Er bemerkt zunächst mit Recht, dass dieselben „den objectiven Thatbestand" bezeichnen. Da alles Objective nach aristotelischer Anschauung das Product eines Verwirklichungsprocesses ist, so gilt dies natürlich auch von dem, was die Kategorien bezeichnen (vgl. a. a. O. S. 186). Ihr Princip aber soll darin bestehen, dass in ihnen die concrete Gattungsbestimmtheit des objectiv Seienden und die dem zerfahrenen Sensualismus gegenübergestellte unweigerliche Festigkeit des menschlichen Aussagens zusammentreffen. (S. 196.)

Aristoteles stellt als unbedingte Voraussetzung jeder Verständigung die Forderung auf, dass jedes Wort etwas Bestimmtes bezeichne. *Τὸ μὴ ἕν τι σημαίνειν οὐδὲν σημαίνειν ἐστίν, μὴ σημαινόντων δὲ τῶν ὀνομάτων ἀνῄρηται τὸ διαλέγεσθαι πρὸς ἀλλήλους.* Da demnach die unweigerliche Festigkeit der menschlichen Aussage für alle Worte gelten soll, so kann sie dem Princip, das eine bestimmte Classe derselben als solche hat, nicht eigenthümlich sein.

Ferner ist, wie Prantl mit Recht bemerkt (S. 198), „nicht jedwede Gattung eben so wenig jedwedes Prädicat eine Kategorie, sondern die genreinsamsten Gattungsprädicate sind die Kategorien; d. h. Gattungsprädicate, die nicht mehr als Subjecte höherer Prädicate betrachtet werden." Andererseits aber soll Aristoteles auch niedere Gattungsbegriffe als Kategorien bezeichnen. Trotzdem aber soll nicht „zwischen einer engern technischen und einer weitern allgemeinen Bedeutung des Wortes „κατηγορία" zu scheiden sein." (S. 203.) Wenn das Wort nur ein e Bedeutung hat und zwar die der höchsten Gattungsbegriffe, so kann es nicht auch untergeordnete bezeichnen.

Dass nun auch niedere Gattungsbestimmtheiten κατηγορίαι genannt werden, begründet Prantl folgender Massen: „Wenn die Vieldeutigkeit des Seienden in bestimmte Gruppen von prädicativen Bezeichnungen gebracht ist, wird die objective Mannigfaltigkeit des Seins in verschiedener Weise diese Prädicate als ihre Bestimmtheiten an sich tragen, und es muss daher die Abgrenzung einer festen Geltung jener Bezeichnungen des Seins in die Vielheit des Seienden selbst hineingezogen werden, wodurch eine Festigkeit der Namensbezeichnung entsteht, welche bereits viel weiter abwärts in dem vielheitlichen Reichthume der Dinge und Worte liegt. Ein Beispiel hiervon ist jene Distinction der Gattungen prädicativer Namensbezeichnungen, welche wir oben (Eth. Nic. I 4. 1096 a. 23) betreffs des Guten sahen, woraus sich eine bestimmte feste Abgrenzung der Wortbezeichnung des Masses, des Nützlichen u. s. f. ergeben muss; oder ebenso verhält es sich mit der Eintheilnng der Veränderung (Metaph. Δ 2. 1069 b. 9), wodurch die Festigkeit der Namensbezeichnung des Entstehens, der Raumbewegung u. s. f. erwächst. Und nun werden derartige gemeinsame Bestimmtheiten, welche dann einem gewissen Umkreise des Seienden zukommen und als dessen Gattungsprädicate ausgesprochen werden müssen, wohl mit Recht in Bezug auf die sichere und bestimmte Abgrenzung der Bezeichnung jenen Gattungsbestimmtheiten gleichgestellt werden, welche das allgemeine Seiende überhaupt betreffen; also was die Festigkeit der Namensbezeichnung und das objective Bestehen dieser Bestimmtheit in einer Gattung des Seienden betrifft, kann sehr wohl auch für ein relativ minder Gemeinsames der Ausdruck Kategorie gebraucht werden." (S. 201.)

Es ist richtig, dass das Seiende die Kategorienbestimmtheit in verschiedener Weise an sich trägt. Sollten aber deshalb auch untergeordnete Begriffe Kategorien genannt werden, so müssten alle diesen Namen erhalten, denn alle drücken das durch die Kategorien bezeichnete Seiende in verschiedener Bestimmtheit aus. Oder steht nicht auch z. B. der Begriff κλίνη „in Bezug auf sichere und bestimmte Abgrenzung der Bezeichnung" dem von Prantl als Kategorie bezeichneten Begriff πορεία gleich?

Sollen aber nur die Begriffe auch Kategorien genannt werden, welche durch eine eigentliche Kategorie aus einem andern Begriffe gebildet sind, wie z. B. das Mass aus dem Guten durch die Quantität, so stimmen damit nicht die als Kategorien angeführten Ausdrücke. Die Begriffe Gang der Thiere z. B. oder Möglichkeit oder Nothwendigkeit sind nicht auf diese Weise gebildet. Man sieht auch nicht, warum so entstandene Begriffe grösseres Anrecht auf jenen Namen haben sollten, wie die durch Determination einer Kategorie gebildeten.

Dass von den Kategorien abwärts eine Festigkeit der Namensbezeichnung entsteht, ist eine Wirkung neuer die Kategorien determinirenden Bestimmtheiten. Warum sollten also die niederen Begriffe als Kategorienbestimmtheiten bezeichnet werden?

Folgerichtig leugnet Prantl ferner, dass Aristoteles eine bestimmte Zahl von Kategorien angenommen habe. „Wir würden es,“ sagt er, nicht für etwas Merkwürdiges halten, wenn aus der oben angeführten Gattungsbestimmtheit des Zustandes irgend eine andere Kategorie z. B. das Mögliche oder Nothwendige beigezogen wäre, oder wenn z. B. im Interesse der Topik auch das Masculinum und Femininum hinzugefügt wäre.“ (S. 205 f.) Es lässt sich demnach die Grenze der Kategorienbestimmtheit nach abwärts nicht angeben. (S. 200.)

Dagegen ist zunächst zu bemerken, dass Aristoteles ausdrücklich die Zahl der Kategorien auf zehn bestimmt. Es heisst nämlich Top. A. 9. 103 b. 20: Μετὰ τοίνυν ταῦτα δεῖ διορίσασθαι τὰ γένη τῶν κατηγοριῶν, ἐν οἷς ὑπάρχουσι αἱ ῥηθεῖσαι τέτταρες, (ὅρος, ἴδιον, γένος, συμβεβηκός) ἔστι δὲ ταῦτα τὸν ἀριθμὸν δέκα, τί ἐστι, ποσόν, ποιόν, πρός τι, ποῦ, ποτέ, κεῖσθαι, ἔχειν, ποιεῖν, πάσχειν. Damit stimmt überein Categ. 4. 1 b. 25.

Prantl wendet dagegen ein: Wenn die Stelle der Topik ein bestimmtes Zahlwort angibt, „so ist dieses an sich höchst gleichgültig und durchaus nichts Merkwürdiges, denn es sind dort eben den obigen acht... noch zwei specielle Bestimmtheiten, welche dem allseitig determinirten Auftreten des concreten Seins angehören, nämlich das Haben und das Liegen, darum beigefügt, weil hieran manche topische Distinction des Sprachschatzes in Bezug auf das Verbum sich knüpfen kann.“ (S. 206.)

Wenn die Zahl der Kategorien nur für die Topik gelten sollte[1]), so hätte Aristoteles dieselbe nicht als eine unbedingt gültige hinstellen dürfen. Er möge sich jedoch nachlässig ausgedrückt haben[2]).

Er führt nun aber auch in anderen Schriften dieselben Begriffe als Kategorien an; nur lässt er das ἔχειν und κεῖσθαι fort, und es kommt auch vor, dass er ποιεῖν und πάσχειν in κινεῖν zusammenfasst. Wo er auch die sieben oder acht Kategorien nicht sämmtlich nennt, bezeichnet er die übrigen entweder durch einen allgemeinen Ausdruck (z. B. τἄλλα), oder der Gedanke rechtfertigt deren Uebergehung. (Es werden z. B. einzelne Kategorien beispielsweise angeführt.) Es hat demnach die in der Topik gegebene Eintheilung auch sonst Gültigkeit. Nur schwankt Aristoteles zwischen den Zahlen sieben und zehn. Dies erklärt sich genügend aus der Fehlerhaftigkeit der Eintheilung. Jedenfalls aber würde es falsch sein, aus dem Schwanken zwischen bestimmten Zahlen zu schliessen, er habe überhaupt keine bestimmte Zahl annehmen wollen.

Es führt nun allerdings Prantl eine Stelle an, in der die Kategorien auf die Zahl von drei beschränkt werden sollen. Metaph. N. 2 1089 b. 21 bemerkt Aristoteles gegen Plato: Εἰ ἐζήτει τὸ πῶς πολλὰ τὰ ὄντα, μὴ τὰ ἐν τῇ αὐτῇ κατηγορίᾳ ζητεῖν, πῶς πολλαὶ οὐσίαι ἢ πολλὰ ποιά, ἀλλὰ πῶς πολλὰ τὰ ὄντα· τὰ μὲν γὰρ οὐσίαι, τὰ δὲ πάθη, τὰ δὲ πρός τι.

Wenn wirklich mit den zuletzt genannten drei Begriffen die Kategorien eingetheilt werden sollten, so würde daraus nur ein grösseres Schwanken in Betreff der Zahl derselben folgen.

Meiner Ansicht nach aber gilt dem Aristoteles οὐσία, πάθος, πρός τι nicht als Eintheilung der Kategorien. Sonst müsste er dieselben an anderen Stellen auch auf zwei, nämlich οὐσία und συμβεβηκός, zurückführen. Denn er fasst auch unter diese beiden Begriffe das durch die Kategorien bezeichnete Seiende zusammen. (Vgl. z. B. Anal. post. A. 22, 83 b. 12.) Sie enthalten aber keine Kategorieneintheilung, denn das ὡς συμβεβηκὸς ὄν wird den Kategorien coordinirt, kann also kein Glied derselben bilden. (Vgl. z. B. Metaph. Δ. 1017 a. 7.) Ein ähnlicher Gesichtspunkt liegt nun aber jener Dreitheilung zu Grunde. Denn wenn ποιόν, ποσόν u. s. w. als πάθη bezeichnet werden, so sollen

---

[1]) Auch Soph. El. 22. 178. a. 4 beweist die bestimmte Zahl der Kategorien: Δῆλον, heisst es hier, καὶ τοῖς παρὰ τὸ ὡσαύτως λέγεσθαι τὰ μὴ ταὐτὰ πῶς ἀπαντητέον, ἐπείπερ ἔχομεν τὰ γένη τῶν κατηγοριῶν.

[2]) Wegen angezweifelter Echtheit der Schrift über die Kategorien mag deren Zeugniss für die bestimmte Zahl derselben nicht weiter hervorgehoben werden.

ie damit als Accidentien der Substanz bestimmt werden. Man hat hier also eine ähnliche Entgegensetzung von selbständigem und unselbständigem Seienden, wie bei der Unterscheidung des συμβεβηκός und der οὐσία. Man wird also auch hier keine Kategorieneintheilung haben. Es wird unten noch genauer gezeigt werden, dass die Kategorien ausdrücken, was das Seiende an und für sich, d. h. ohne Beziehung auf Anderes ist. In der von Prantl angeführten Stelle kreuzen sich demnach zwei verschiedene Eintheilungen des Seienden.

Ferner sagt Aristoteles wiederholt, dass er die Kategorien eingetheilt hat. So heisst es z. B. De an. I. 5. 410 a. 13: Πολλαχῶς λεγομένου τοῦ ὄντος (σημαίνει γὰρ τὸ μὲν τόδε τι τὸ δὲ ποσὸν ἢ ποιὸν ἢ καί τινα ἄλλην τῶν διαιρεθεισῶν κατηγοριῶν) u. s. w. Eine ausgeführte Eintheilung aber involvirt eine bestimmte Zahl von Eintheilungsgliedern. Dies sind hier die Kategorien. Sie bilden also eine bestimmte Zahl. Ferner sagt die Stelle, dass von einer Eintheilung die Rede ist, in der Substanz, Quantität und Qualität Glieder sind. Es müssen also auch die übrigen Glieder höchste Gattungsbegriffe sein. Sonst wäre die Eintheilung falsch. Die Zahl der Kategorien wird demnach auch hier als eine beschränkte angesehen. [1])

Ferner wird Phys. E. 1. 225 b. 5. [2]) nach Aufzählung der oben erwähnten acht Kategorien geschlossen, dass es nothwendig drei Arten der Bewegung gebe, die der Qualität, der Quantität und des Ortes, da nämlich eine Bewegung der Substanz, des Relativen, des Thuns und Leidens und der Zeit unmöglich sei. Der Schluss würde sinnlos sein, wenn Aristoteles ausser den angeführten Kategorien noch andere annähme. Der Einwand, dass von den übrigen deshalb nicht die Rede sei, weil es keine Bewegung derselben gebe, ist offenbar nicht stichhaltig, weil auch unter den angeführten derartige sind. Demnach muss Aristoteles glauben, durch die namhaft gemachten Begriffe das Seiende eingetheilt zu haben. Er nimmt also auch hier eine bestimmte Zahl von höchsten Gattungsbegriffen an.

Prantl's Ansicht über die Zahl derselben ist also irrig. Aristoteles schwankt nur, und zwar zwischen der Annahme von sieben und zehn.

Ferner soll er im Grunde keine ontologische Anwendung von ihnen machen. (S. 204.) Ihre eigentliche Bedeutung soll darin bestehen, dass sie τόποι des λόγος sind. (S. 200.) „So wie man glaubte, die sprachlichen Gattungsprädicate seien die ontologischen Bestimmtheiten selbst, so war hiermit das Missverständniss und jene unsinnige Auffassung eröffnet, welche zu den aberteuerlichen Annahmen betreffs der Kategorien im Mittelalter führte. (S. 209.)

Dass die Bezeichnung nicht das Bezeichnete ist, versteht sich von selbst, und man hat dies auch im Mittelalter nicht geglaubt. Das aber von den Kategorien Bezeichnete sind auch nach Prantl's Ansicht ontologische Bestimmtheiten. Beide müssen also dasselbe sein. Denn daran, dass die durch die Kategorien bezeichneten Vorstellungen in Wirklichkeit möglicher Weise nicht sind, hat Aristoteles nicht gedacht. Die Kategorien bilden also auch eine Eintheilung des Seienden.

Und zwar nicht etwa blos in rhetorischem und dialectischem Interesse, so dass sie nur eine relative Gültigkeit hätten. Es findet sich vielmehr eine nicht geringe Zahl von ontologischen Anwendungen derselben. Metaph. Λ. 2 1069 b. 9 heisst es: Αἱ μεταβολαὶ τέτταρες, ἢ κατὰ τὸ τί ἢ κατὰ τὸ ποιὸν ἢ ποσὸν ἢ ποῦ, καὶ γένεσις μὲν ἡ ἁπλῆ καὶ ἡ φθορὰ ἡ κατὰ τόδε, αὔξησις δὲ καὶ φθίσις ἡ κατὰ τὸ ποσόν, ἀλλοίωσις δὲ ἡ κατὰ τὸ πάθος, φορὰ δὲ ἡ κατὰ τὸν τόπον. Hier wird also die Veränderung nach den Kategorien unterschieden, d. h. nach dem bestimmten Seienden, das sie bezeichnen.

---

[1]) Ein Gleiches liesse sich aus mehreren anderen Stellen, in denen von der Eintheilung der Aussagen gesprochen wird, folgern. (Vgl. z. B. De an. I. 1. 402 a. 22 und besonders die gleich folgende Stelle der Physik.)

[2]) Siehe Seite X.

Die Unterscheidung würde unnütz gewesen sein, wenn Aristoteles angenommen hätte, dass die Kategorieneintheilung dem Seienden äusserlich wäre. Noch deutlicher sagt er Phys. Γ 1. 200 b. 32: *Οὐκ ἔστι κίνησις παρὰ τὰ πράγματα, μεταβάλλει γὰρ τὸ μεταβάλλον ἀεὶ ἢ κατ᾽ οὐσίαν ἢ κατὰ ποσὸν ἢ κατὰ ποιὸν ἢ κατὰ τόπον.* Hier werden also die genannten Kategorien als *πράγματα* aufgefasst. Hierher gehört weiter die oben angeführte Stelle von den drei Arten der Bewegung. Phys. E 1. 225 b. 5. Man nehme ferner Metaph. $\varDelta$ 4 1070 a. 33. *Ἀπορήσειε ἄν τις, πότερον ἕτεραι ἢ αἱ αὐταὶ ἀρχαὶ καὶ στοιχεῖα τῶν οὐσιῶν καὶ τῶν πρός τι καὶ καθ᾽ ἑκάστην δὴ τῶν κατηγοριῶν ὁμοίως.* Nur wenn die Kategorien eine Eintheilung geben, welche die dem Seienden zukommende Verschiedenartigkeit ausdrückt, hat es einen Sinn, nach den Ursachen der einzelnen Kategorien zu fragen. Warum ist es ferner nothwendig, um das Wesen der Seele zu bestimmen, die Kategorie zu suchen, unter die sie fällt, wenn die Kategorien keine ontologische Bedeutung haben? (De an. A. 1, 402 a. 22 vgl. auch ds. 410 a. 13.) Die Beweise liessen sich leicht vermehren.

Die Kategorien sollen also nach der Ansicht des Aristoteles eine objectiv gültige Eintheilung des Seienden geben.

Er unterscheidet aber vier Bedeutungen dieses Wortes. So sagt er z. B. Metaph. E. 2 1026 a. 33: *Τὸ ὂν τὸ ἁπλῶς λεγόμενον λέγεται πολλαχῶς, ὧν ἓν μὲν ἦν τὸ κατὰ συμβεβηκος, ἕτερον δὲ τὸ ὡς ἀληθές, καὶ τὸ μὴ ὂν ὡς τὸ ψεῦδος, παρὰ ταῦτα δ᾽ ἐστὶ τὰ σχήματα τῆς κατηγορίας, οἷον τὸ μὲ τι, τὸ δὲ ποιόν, τὸ δὲ ποσόν, τὸ δὲ ποῦ, τὸ δὲ ποτέ, καὶ εἴ τι ἄλλο σημαίνει τὸν τρόπον τοῦτον, ἔτι παρὰ ταῦτα πάντα τὸ δυνάμει καὶ ἐνεργείᾳ.*

Es fragt sich, welche Stellung das durch die Kategorien bezeichnete Seiende zu den anderen Bedeutungen des Wortes einnimmt. Das Verhältniss zu dem *συμβεβηκὸς ὄν* zeigt Metaph. $\varDelta$ 7. 1017 a. 7: *Τὸ ὄν,* heisst es hier, *λέγεται τὸ μὲν κατὰ συμβεβηκός, τὸ δὲ καθ᾽ αὑτό· κατὰ συμβεβηκὸς μὲν, οἷον .... καθ᾽ αὑτὰ δὲ εἶναι λέγεται, ὅσα περ σημαίνει τὰ σχήματα τῆς κατηγορίας· ὁσαχῶς γὰρ λέγεται, τοσαυταχῶς τὸ εἶναι σημαίνει· ἐπεὶ οὖν τῶν κατηγορουμένων τὰ μὲν τί ἐστι σημαίνει, τὰ δὲ ποιόν, τὰ δὲ ποσόν, τὰ δὲ πρός τι, τὰ δὲ ποιεῖν ἢ πάσχειν, τὰ δὲ ποῦ, τὰ δὲ ποτέ, ἑκάστῳ τούτων τὸ εἶναι ταὐτὸ σημαίνει, οὐδὲν γὰρ διαφέρει τὸ ἄνθρωπος ὑγιαίνων ἐστὶν ἢ τὸ ἄνθρωπος ὑγιαίνει, ἢ τὸ ἄνθρωπος βαδίζων ἐστὶν ἢ τέμνων τοῦ ἄνθρωπος βαδίζει ἢ τέμνει, ὁμοίως δὲ καὶ ἐπὶ τῶν ἄλλων.* Der Sinn ist: Das Seiende ist theils *κατὰ συμβεβηκός;* wenn z. B. gesagt wird: Der Gerechte ist musisch, so ist das ausgesagte Seiende etwas dem Gerechten Zufälliges. Theils ist das Seiende *καθ᾽ αὑτό.* Es ist der Fall, wenn dasselbe einem Gegenstande an sich zukommt, mag nun von einem bestimmten Seienden gesprochen werden, wie z. B. im Satz: Der Mensch ist ein lebendes Wesen, oder vom Sein überhaupt. Von letzterem Falle ist hier die Rede, wenn gesagt wird, dass dem, was unter die Kategorien fällt, an sich das Sein zukomme. Den Kategorien als solchen ist also das *κατὰ συμβεβηκός ὄν* fremd. So heisst es auch Metaph. E. 4. 1027 b. 33: *Τὸ μὲν ὡς συμβεβηκὸς καὶ τὸ ὡς ἀληθὲς ὂν ἀφετέον. τὸ γὰρ αἴτιον τοῦ μὲν ἀόριστον, τοῦ δὲ τῆς διανοίας τι πάθος, καὶ ἀμφότερα περὶ τὸ λοιπὸν γένος τοῦ ὄντος καὶ οὐκ ἔξω δηλοῦσιν οὖσάν τινα φύσιν τοῦ ὄντος.*

Wie für das *ὡς συμβεβηκὸς ὄν* bilden auch für das *ὡς ἀληθὲς ὄν* die Kategorien das Substrat. Dieses setzt nämlich die *σύνθεσις* und *διαίρεσις* des durch dieselben bezeichneten Seienden voraus. (*ἢ τὸ τί ἐστιν ἢ ὅτι ποιὸν ἢ ὅτι ποσὸν ἢ εἴ τι ἄλλο συνάπτει ἢ ἀφαιρεῖ ἡ διάνοια.* Metaph. E. 4. 1027 b. 31.)

Das Verhältniss des *δυνάμει* und *ἐνεργείᾳ ὄν* zu dem Sein der Kategorien drückt Aristoteles in folgenden Worten aus: *Τὸ ὂν λέγεται καὶ τὸ μὴ ὂν τὸ μὲν κατὰ τὰ σχήματα τῶν κατηγοριῶν, τὸ δὲ κατὰ δύναμιν ἢ ἐνέργειαν τούτων.* (Metaph. Θ. 10, 1051 a. 34.) Mit dem *δυνάμει* und *ἐνεργείᾳ ὄν* ist also ein Seiendes gemeint, das der Potenz bezüglich der Energie nach etwas von den Kategorien bezeichnetes Seiendes ist. Diesen kommt also als solchen, wie auch ihr Begriff zeigt, der Unterschied von Potenz und Energie nicht zu.

Sie liegen also dem, was sonst seiend genannt wird, zu Grunde. Sie geben die Geschlechter des Seienden, wie sie an und für sich sind, ohne Beziehung auf anderes, ohne Rücksicht auf die Uebereinstimmung der im Seienden bestehenden Verbindung mit der gedachten Verbindung, ohne Rücksicht auf die mit ihm möglicherweise vorgehende Veränderung. Die Kategorien sind also das $\varkappa\nu\rho\ell\omega\varsigma\ \ddot{o}\nu$.